Pitou

Pouf

Youpi

BADABOUM TSOIN TSOIN !
Un beau matin, le petit village de Saint-Pompon est réveillé
par des roulements de tambour et des cris joyeux :
« Saint-Pomponiens, le Cirque Caroline va planter son chapiteau
sur la Grand-Place.
Aujourd'hui dimanche, une seule représentation
dont vous vous souviendrez longtemps !
Venez applaudir des acrobates exceptionnels,
des lions féroces, des clowns musiciens, un petit singe coquin ! »
Bobi se hâte de coller sa grande affiche ;
déjà les enfants de Saint-Pompon accourent.

Pierre Probst

Caroline

AU CIRQUE

CIRQUE CAROLINE

DIMANCHE EN MATINÉE
UNIQUE
REPRÉSENTATION

hachette
JEUNESSE

Tap ! Tap ! Tap ! Les « gros bras » du cirque plantent les piquets à grands coups de maillet. Les mâts sont dressés et les acrobates vont hisser la tente comme ils le feraient d'une voile.

L'équilibriste Pitou répète avec entrain son numéro, le dromadaire se désaltère à la fontaine, et Caroline débarbouille de son mieux Sabi, le petit singe coquin.

Le Cirque Caroline est installé, les drapeaux claquent au vent, `la représentation va bientôt commencer…

La ménagerie a ouvert ses portes. Sous les yeux des enfants émerveillés, le pingouin se dandine, la marmotte fait des mines et le perroquet parle… comme un perroquet !

Dans la roulotte, les artistes se maquillent. Quelques coups de pinceau : Pouf devient Pouffi, le clown blanc. Un nez rouge et une première grimace : Youpi est Youpo, un auguste très rigolo !

«En avant la musique ! claironne Bobi. Place aux poneys et vive le cirque ! »

Le rideau rouge s'ouvre, et la célèbre Caroline paraît, applaudie par tous les spectateurs. Ses poneys enrubannés, secouant fièrement leur crinière, font une entrée triomphale sur la piste de lumière.

Quand, soudain, dans les coulisses :

« Alerte ! hurle Pouf. Le zèbre s'échappe !

Arrêtez-le ! »

Trop tard ! Zizi, le faux zèbre, s'élance derrière les poneys.

Zizi, l'âne-zèbre, rêvait en effet depuis longtemps de devenir un poney! Au premier coup de fouet, il fait le beau et rit de toutes ses dents!

Voilà qui ne plaît guère à Alex, le poney roux. Jaloux de cet âne trop savant, il refuse tout bonnement de se lever!

«Pour un poney, tu es têtu comme une mule!» gronde Pouffi, le clown blanc.

Le spectacle se poursuit…

Sabi et Pitou, les jongleurs équilibristes, font le tour de la piste. Ha ! Ha ! Ha ! Voilà un monsieur coiffé de bien étrange façon !

Bobi salue le public, soulève son chapeau… et s'envolent trois petits oiseaux !

«Il pleut, il pleut, bergère ! chante Boum à tue-tête. N'oublie pas ton parapluie !»

Le clown Pouffi souffle aussitôt dans sa trompette et Youpo, le violoniste triste, est arrosé de la tête aux pieds !

« Saint-Pomponiens ! Ceux qui vont trembler de peur vous saluent bien ! Voici les Danseurs de l'Espace, les acrobates les plus audacieux de la Terre ! »

Pleins feux sur les funambules ! Ils se risquent sur la corde raide, à petits pas hésitants ou à toutes pédales. L'un d'eux, moins courageux, s'accroche au mât : jamais il ne les imitera !

Caroline, trapéziste hors de pair, se balance, tête en bas, pieds en l'air. À son signal, Noiraud lâche son trapèze. Il vole, vole, droit sur son amie, droit sur ses couettes auxquelles il s'accroche de justesse !

« Au secours ! crie-t-il, affolé. Je vais tomber ! »

Dans les gradins, les spectateurs retiennent leur souffle, et sur la piste, Boum tend vite son épuisette : assurément, il attrapera un drôle de poisson-chat !

«Oyez, bonnes gens ! Et tremblez pour la dompteuse Caroline ! Elle va affronter sous vos yeux les lions les plus féroces du monde, Nabu et Nipal, venus tout droit du désert. Depuis huit jours, ils n'ont rien eu à se mettre sous la dent ! »

RAOU ! Le lion Nabu rugit effroyablement, gueule grande ouverte sur ses terribles crocs. RAOU ! Le lion Nipal sort ses griffes acérées, refuse de grimper sur son tabouret !

C'est alors que Bobi, tout essoufflé, entre dans la cage des fauves :

« Caroline ! Caroline ! Sabi, le singe coquin, s'est échappé ! »

À ces mots, Caroline hésite sur la conduite à tenir : faut-il arrêter le spectacle ? Le poursuivre ? Les lions, eux, cessent de rugir, et du ventre de Nabu s'élève la voix rageuse de Kid :

« C'est ta faute, Bobi ! Tu n'as pas bien surveillé Sabi !

– Je ne suis pas malin comme un singe, moi ! proteste Bobi. Il m'a chipé l'épuisette et, pfuit !, il a pris la poudre d'escampette… »

Que peut faire un singe avec une épuisette ? Des grosses bêtises, assurément ! Alors, tant pis pour le spectacle ! Caroline et ses amis quittent la piste, non par l'entrée des artistes, mais par le passage des fauves : c'est plus court !

« Sabi, où es-tu ? Sabi, réponds-nous ! »

Dompteuse, clowns, acrobates et lions se dispersent dans les rues de Saint-Pompon.

« Madame, n'auriez-vous pas remarqué un petit singe en costume rouge ?

– Monsieur, n'auriez-vous pas aperçu un singe armé d'une épuisette ? »

Non ! Les Saint-Pomponiens n'ont pas vu le petit coquin ! Mieux encore : ils n'ont jamais vu de lion à deux têtes, ni de lion qui perd son pantalon !

CAFE

« SABI ! SABI ! »

La voix de Caroline s'élève dans les airs, et Sabi l'entend enfin. Mais il s'amuse trop bien pour songer à répondre.

Perché sur le clocher de Saint-Pompon, à cheval sur la girouette, il essaie d'attraper des hirondelles à grands coups d'épuisette : c'est bien mieux que la chasse aux papillons !

« Ça y est ! Je le vois ! » s'écrie tout à coup Pouf en le montrant du doigt.

«Sabi ! Descends tout de suite de ton perchoir ! crie Caroline. Sinon je vais me fâcher ! »

Aussitôt le petit singe oublie les hirondelles : il lance son épuisette… sur la tête de Kid, puis prend son élan. Il va sauter dans le vide ! Pas une seconde à perdre. Caroline et ses amis courent chercher une toile, la tendent de leur mieux. Un pas en avant, un pas en arrière et, ouf ! Sabi atterrit au beau milieu. Il rebondit une fois, deux fois, et le voilà dans les bras de Caroline.

«Coquin ! le gronde-t-elle gentiment. Tu mériterais une fessée.

– Tu oublies que nous sommes neuf ! rit Noiraud. Il en aura neuf ! »

Finalement, Sabi n'a pas eu de fessée et tous les Saint-Pomponiens ont applaudi ce numéro extraordinaire en plein air !

Le lendemain à l'aube, sans tambour ni trompette, le Cirque Caroline est démonté, les bagages pliés. Il reprend la route, vers un autre village, une autre ville. Ainsi vont les gens du voyage…

« Quand reviendrez-vous ? demandent les enfants de Saint-Pompon.

- L'année prochaine ! » promettent en chœur Caroline et ses amis.

Bobi

Boum

Noiraud

Kid

Pipo